Lahnstraße 25
12055 Berlin
prverlag@hirnkost.de
www.hirnkost.de

Aufführungsrechte bei
Felix Bloch Erben GmbH & Co. KG, Berlin
1. Auflage Februar 2021

Vertrieb für den Buchhandel:
Runge Verlagsauslieferung: *msr@rungeva.de*
Privatkunden und Mailorder: *shop.hirnkost.de*

Layout: benSwerk
Titelillustration: Mehrdad Zaeri
Lektorat: Gabriele Vogel

ISBN:
PRINT: 978-3-947380-87-9
PDF: 978-3-947380-85-5
EPUB: 978-3-947380-86-2
Dieses Buch gibt es auch als E-Book –
bei allen Anbietern und für alle Formate.

ANJA TUCKERMANN

PALMSTRÖM, KORF UND KUNKEL

HIRNKOST

ANJA TUCKERMANN

PALMSTRÖM, KORF UND KUNKEL

FREI NACH GEDICHTEN VON CHRISTIAN MORGENSTERN

Foto: Jörg Pfeifenbring

Anja Tuckermann, geboren 1961, Autorin von Romanen, Erzählungen, Theaterstücken, Libretti, Bilderbüchern. Ihr Werk wurde vielfach ausgezeichnet und in 13 Sprachen übersetzt. Im Hirnkost Verlag erschien von ihr zuletzt 2019: Kristina Milz + Anja Tuckermann (Hrsg.): *Todesursache: Flucht* und 2020: *Mooskopf*

Personen:

Friedrich Palmström
Heinrich Korf
Palma Kunkel

Drei Arbeitslose, schwer vermittelbar.
Über 50.
Palma Kunkel ist die Größte.

I.

Gang im Jobcenter.

Korf und Palma Kunkel warten.
Gelb gestrichene Wände, hellblaue Metallsitze, Schilder. Ein roter Nummernapparat.

„Die aufgerufene Nummer
verfällt bei Nichterscheinen.“

Im Treppenhaus, 2. Obergeschoss

Zi. 227 - 248
Zi. 249 - 269
Betreuung gewerblich-technischer
Berufe

Hej - Ke
Kf - Ma
Mb - Pn

Im Gang sitzen und warten.
Seufzen. Zeitung lesen. Eine Dose aufschnipsen. Den Nummernzettel in den Fingern rollen. Die Nummer immer wieder ansehen, mit der Nummernanzeige an der Wand vergleichen. Korf und Kunkel sind einander unbekannt. Palmström kommt, schnieft, ihm läuft die Nase. Er zieht hoch, erreicht Aufmerksamkeit. Er entfaltet ein rotes Taschentuch.

Palmström Oh.

Alle Wartenden betrachten das Landschaftsbild auf dem roten Taschentuch.

Palmström Herrlich.

Die Wartenden nicken, jede und jeder in Gedanken, für sich. Palmström möchte schnauben, bringt es jedoch nicht über sich, in das kunstvolle Tuch zu schnauben. Er faltet das Taschentuch sorgfältig zusammen, steckt es ein, setzt sich und schnieft weiter. Allgemeines Verständnis. Kunkels Nummer erscheint, sie betritt den angegebenen Raum. Korf wird nervös. Er sucht in allen seinen Taschen, findet ein Papiertaschentuch und reicht es Palmström.

Korf	Bitte sehr.
Palmström	Danke sehr. Wie liebenswürdig.

Palmström erhebt sich, reicht Korf die Hand, setzt sich, putzt sich die Nase. Allgemeine Erleichterung.

Palmström	Ich werde den Schnupfen nicht los.
Korf	Ja. Es ist zu kalt für diese Jahreszeit.
Palmström	Er lauerte vor meiner Haustür und wartete nur darauf, mich anzuspringen.
Korf	Tja, er hat Sie erwischt.

Palmström sieht auf seine Nummer.

Palmström	Heut klickern die Nummern so durch.

Palma Kunkel kommt aus einem Zimmer, fluchend.

Kunkel	Das könnte denen so passen.
Korf	Jawohl. Das glauben die.

Kunkel geht in ein anderes Zimmer.

Korf Bitte, nach Ihnen.

Palmström lächelt. Korfs Nummer erscheint. Er betritt das angezeigte Zimmer. Kunkel kommt. Sieht auf die Uhr. Nickt.

Kunkel Zimmer 256. Melden.
Termin geben lassen.
Nächstes Mal ohne Nummer.

Geht ab, in der Hand ein Papier. Palmströms Nummer erscheint. Palmström lächelt, geht in ein Zimmer, Nummer in der Hand, Mappe unter dem Arm. Warten. Korf tritt wieder auf den Gang. Will noch nicht gehen. Palmström erscheint kopfschüttelnd.

Palmström Ich melde mich regelmäßig.
Ich stehe dem Arbeitsmarkt zur
Verfügung – uneingeschränkt –
nichts. Spricht der da von Eingliederungsmaßnahmen, die
durchgeführt werden müssen ...

	Keiner kapiert, worum es geht. Ein böhmisches Dorf.
Korf	In meinem böhmischen Dorf sitzt eine blonde Schönheit ... mit einem Lächeln, dass Sie am Stuhl festwachsen möchten ... *(sieht auf ein Blatt)* Nächster Termin bei meiner in zwei Wochen ... noch ein Tag voll von Honig.

Palmström niest, Korf bietet ihm ein weiteres Taschentuch aus der Packung an. Palmström will ihm zum Dank die Hand reichen, Korf hebt seine Hände beide in die Luft.

Korf	Muss gesund bleiben, Sie verstehen ... der Termin.

Korf blickt zur Tür, hinter der die Schönheit sitzt, Palmström deutet eine leichte Verbeugung an, ab. Korf geht ebenfalls.

2.

Gang im Jobcenter.

Zwei Wochen später. Korf, Palmström und Palma Kunkel warten. Palmström schnieft, Korf bietet ihm ohne Weiteres ein Papiertaschentuch an, als sei es ein feines Konfekt.

Korf	Immer noch?
Palmström	Oh ja.
Korf	Was tun Sie denn dagegen?
Palmström	Ich schlage mich täglich mit einem Shi Gong Reissäckchen. Ich habe es mit autogenem Training versucht. Aber ich bin zu ungeduldig. Auch zu ausgedehnten Spaziergängen fehlt mir der Aufraff.
Kunkel	Sie brauchen eine Aufgabe.
Palmström	*(erstaunt)* Sie haben den Kern erkannt. Meine Wohnung habe ich schon renoviert.
Kunkel	Wie alle Arbeitslosen.
Korf	*(zu Kunkel)* Das ist aller Anfang. Darf ich mich vorstellen?
Kunkel	Danke nein.

Kunkel ergreift die ausgestreckte Hand nicht, verschließt ihr Gesicht, Korf, der Frauenliebhaber, bedauert.

Palmström	Neuerdings – davon verspreche ich mir neue Lebenskraft – schlafe ich nach Norden. Denn nach Süden, Osten, oder Westen schlafen, heißt das Herz ermüden.
Korf	Das ist ganz falsch. Nach Norden ermüden Sie im Schlaf.
Palmström	Keineswegs.
Korf	Es versteht sich doch von selbst, *(Kunkel wendet sich ab)* dass man mit der Erdumdrehung schlafen muss. Strikt nach Osten mit den Pfosten seines Körpers.
Kunkel	Mit falsch und strikt, mit müssen und dochen erreicht man rein gar nichts.

Korf fühlt sich angegriffen, fährt auf. Kunkel hält ihm ihre Hand hin, schüttelt seine, ihre Nummer klackert auf den Apparat, bevor jemand etwas sagen kann. Kunkel geht zur Tür, dreht sich noch einmal um.

Kunkel	Von selbst versteht sich nichts. Versteht sich die Nummer?

Kunkel ab. Korf ist aus der Fassung. Beide sind hingerissen.

Palmström	In Europa stellt man sein Bett nördlich. Das erklärt sich aus dem Magnetismus der Erde.
Korf	Mein Diwan bleibt westöstlich. Das erklärt sich ... erkläre ich mit der Umarmung der Erde. *(Er streckt beide Arme aus.)* Mein Breitengrad.

Palmström schweigt und schnieft. Es wird gewartet. Das Sitzen fällt einem schwer. Kunkel kommt raus.

Kunkel	*(zu Palmström)* Sie brauchen eine Aufgabe. Sie könnten Großes leisten.

Hier warten Sie umsonst.
(zu Korf) Sie auch. – Sogar Sie.
(zu Palmström) Sie sind zu alt.
(zu Korf) Sie auch.
Zu alt zu warten.

Kunkel geht. Palmström und Korf denken.

Palmström Mein Name ist Palmström.
Dolmetscher für unter-
gegangene Sprachen.
Korf Angenehm. Korf. Experte.
Palmström Sehr erfreut.
Korf Sie sollten den berühmten Schlaf
vor Mitternacht schlafen.
Das ist der Heilschlaf.
Palmström Das scheint mir eine gute Idee.

3.

Gang im Jobcenter.

Palmström wartet schon, neben sich eine Hutschachtel. Korf erscheint, setzt sich zu ihm. Palmström hocherfreut, atmet ihm seine freie Nase vor, zieht das rote Taschentuch aus der Hosentasche und tupft sich die Nase. Korf nervös, nimmt keine Notiz.

Palmström	*(zeigt auf seine Nase)* Dank des berühmten Schlafs vor Mitternacht. Ihre Empfehlung. Ich danke.

Palmström steht auf, schüttelt Korf die Hand. Sie setzen sich wieder und warten, Palmström ruhig, träumt, Korf ist übernervös. Kunkel kommt und setzt sich. Palmström und Korf nicken ihr zu.

Korf	Sie haben keine Nummer gezogen.
Palmström	Das ist durchaus richtig beobachtet, mein lieber Korf.
Korf	Haben Sie wieder Termin?
Palmström	Nein. Sie?

Korf staunt, hält still. Wird wieder nervös.

Palmström	Eine Fortbildung müsste ich machen, die neuen untergegangenen Sprachen zu erforschen. Täglich sterben 20 Sprachen aus. Nun könnte ich auf eigene Faust forschen, aber woher das Geld nehmen, an Ort und Stelle zu reisen, die letzte sprachkundige Person vor ihrem Tod zu befragen. Und wofür? Und wer druckts? Und wer liests? Und wer brauchts? Ich spreche 30 Sprachen, die niemand mehr kennt. Ich könnte nur unterqualifiziert vermittelt werden.
Kunkel	Das haben Sie natürlich abgelehnt.
Korf	Wie recht Sie haben. Das hätte er ablehnen sollen. Er hat lange genug hart gearbeitet.

Kunkel Er hat es abgelehnt.

Palmström nickt.

Palmström Das Nichts habe ich abgelehnt.
Nichts wurde mir angeboten.
Aber Maßnahmen angedroht,
andernfalls die Leistung ...

Kunkel Wir sollen mehr Leistung
bringen, andernfalls müssen
uns Leistungen überwiesen
werden, in jenem Falle wirft man
uns Selbstbedienungsmentalität
vor, aber wohin? Wohin sollen
wir die Leistung bringen?
Keine Adresse.

Korf Darf ich mich Ihnen vorstellen?
Korf.

Kunkel Palma Kunkel.
Vier Umschulungen,
drei Maßnahmen.

Allgemeines Händeschütteln.

Palmström	Hocherfreut. Palmström. Gar nicht zu vermitteln. Auch nicht unterqualifiziert. Eine Umschulung zum Filmuntertitler für tibetisch und safkasisch.
Korf	Und?
Kunkel	Es gibt keinen einzigen saf- kasischen Film und nur einen Film in der Geschichte Tibets.

Palmström schüttelt Kunkel beeindruckt die Hand, ob ihres Wissens.

Palmström	Und den untertitelte ein anderer.
Korf	*(zu Kunkel)* Was für einen Beruf haben Sie? Wie sind Ihre Aussichten? Reicht Ihnen die Leistung? Kommen Sie mit den Leistungen aus? Wenn nicht, wenden Sie sich jederzeitvertrauensvoll an mich, Frau Kunkel.

Kunkel hat für den Tag genug gesprochen.
Korf wird wieder nervös.

Palmström	Wann sind Sie dran?
Korf	Ich hatte eine schlaflose Nacht.
Palmström	Haben Sie einen Termin?
Korf	Was machen Sie überhaupt hier?
Palmström	Das wollte ich Sie fragen.
Korf	Haben Sie nichts anderes zu tun, als hier herumzusitzen?

Palmström hat auf die Frage nur gewartet.
Er legt die Hutschachtel auf den Boden,
öffnet sie und holt ein Modell hervor.

Palmström	Sehen Sie – fast jede Nacht, wochenlang, habe ich an diesem Modell gearbeitet, – ein Bühnenhaus mit drehbarem Zuschauer raum. Vier Bühnen. Für jede Jahreszeit eine. Mit echten Bäumen, Sträuchern, die blühen und welken, Sonne, Regen, Schnee, mit einem plätschernden Bach und Horizont.

	Der Schauplatz ein Dorf mit Menschen, Tieren, Strom und Wasser. Ein Theaterstück in diesem Haus dauert ein Jahr.
Korf	Zeit haben wir. Sofern mein Verein zu arbeiten beginnt.
Palmström	Ein Akt pro Jahreszeit.
Korf	In den Pausen melden wir uns beim Jobcenter. Man wird es so einrichten müssen.
Palmström	Ist das nicht beeindruckend?

Palmström nimmt das Modell in beide Arme.
Korf ist nicht wohl, er weiß nichts zu sagen.

Korf	Horizont ist wichtig für das Vereinsleben des Vereins, den ich noch gründen werde.
Palmström	*(zu Kunkel)* Wie gefällt Ihnen mein Bühnenhaus?
Kunkel	Ein Jahr lang sitzen und schauen wie andere leben? Das ist eine erlaubte geringfügige Beschäftigung.

Palmström	So ein Stück möchte ich eines Tages sehen. Lebensecht. Wirklichkeitsgetreu.
Korf	Wirklichkeitsgetreu. Ein kleiner Teil hat zu tun, ein Teil verlässt das Bühnenhaus und ward nicht mehr gesehen, ein anderer sitzt darin und schaut zurück.

Palma Kunkel steht auf und denkt nach.
Läuft auf und ab.

Korf	Ein Verein zur Bewegung der Menschen.
Kunkel	Freund Palmström ...
Korf	Und Freund Korf?
Palmström	Ja?
Kunkel	Ihr Leben vergeht.
Korf	*(drängelt sich vor)* Wohl wahr. Meins auch.
Kunkel	*(zu Palmström)* Es gibt vieles, was Sie tun können.
Korf	Nützliche Dinge!

Kunkel nickt Korf freundlich zu.
Er ist verzückt. Kunkel setzt sich.

Korf	Auch ich schlafe so manche Nacht nicht.

Er holt einen Zollstock aus der Tasche, misst, knickt, formt und denkt lange nach.

Korf	Sehen Sie. Das ist ein Elefant. *(zeigt ihm den Zollstock)* Da erhebt sich ein Berg. Hier fließt ein Bach.
Palmström	Sehe ich.
Korf	Ein Zelt – eine bucklige Katze. Hier – eine Wolke. Noch mal der Berg. *(lehnt den Zollstock gegen das Stuhlbein)* Ich steige jetzt den Berg hinauf. *(steigt hoch, müht sich dabei)* Ah, welch eine Aussicht. Ich habe den Gipfel erreicht. Palmström, sehen Sie dort

hinten die weißen Punkte auf grünem Flor, eine Schafherde auf der Wiese ... Den Gipfel dort drüben, mit zwei einsamen Tannen. Die Sonne sinkt. Da hinten glimmen die ersten Lichter der Stadt, die dünnen Rauchfähnlein steigen in den Himmel.

Palmström Oh, wie schön. Und schauen Sie nur, dort grasen Rehe.

Korf Sehen Sie die?

Palmström Aber ja.

Kunkel Und ich sehe – nein, nicht möglich. Zwischen den Tannen hat jemand ein Zelt aufgeschlagen und sitzt davor an einem Feuerchen. Er ist es, den ich suche, der Gingganz!
Ich sehe meinen Gingganz!

Korf Und das mit nichts als einem Zollstock.

Palmström Hm.

Korf Ihr Bühnenhaus ist wunderschön gebaut. Aber stellen Sie

sich die Wirklichkeit anhand
eines Zollstocks vor und Sie
sehen echtes Leben.
Erfinden Sie.
Nützliche Dinge.

Kunkel — Sie brauchen so ein Modell nicht.
Auch ohne können Sie alles
sehen.

Die nächste Nummer blinkt. Es ist Kunkels.

Kunkel — Nicht aber den Gingganz.
Den muss ich suchen.

Kunkel geht. Korf ist verzückt von der Phantasie-aufwallung und von Palma Kunkel.

Korf — Was für eine Frau ...

Palmström — Ich möchte erfinden, was die
Menschheit brauchen kann.

Korf — Aber ... es kommen fürchterliche
Zeiten auf uns zu. Ich lag die
ganze Nacht wach und sah die
Zukunft vor mir. Im Park darf

man die Liegewiesen nur noch mit beantragter und bewilligter Liegegenehmigung des Gartenbauamts benutzen. Ein Heer von Menschen in Maßnahmen kontrolliert die Bescheinigungen. Spielen der Kinder auf dem Spielplatz nur nach Freistellung vom Englischunterricht und nach Anleitung. Es kommt die absolute Freizeit. Die Bevölkerung muss sich täglich zur Freizeit melden, das wird die neue kontrollierte Beschäftigungspolitik. Die Parkwächter wachen über die Spielregeln bei Ballspielen. Wir werden Picknickkurse besuchen, Musik hören lernen, kurz: Wir werden gezwungen, alles nach bestimmten erlaubten Regeln zu tun. Die Regeln müssen wir in Dienstleistungszentren lernen, die in den leerstehenden Bürohäusern eingerichtet werden. Keiner darf sich unbeschäftigt auf der Straße aufhalten, keinesfalls zu Hause auf der faulen Haut liegen. Für jede Beschäftigung ein Antragsformular, man muss die Ämter besuchen und stundenlang auf den Gängen sitzen und sogar dort an den sportlichen Ertüchtigungen teilnehmen. Was sage ich, stundenlang. Tagelang werden wir auf den Ämtern sitzen, ach was, tagelang.

Korf ist völlig erschöpft von seiner atemlos vorgetragenen Rede. Er holt einen Stoß Papier aus der Tasche.

Korf — Ich habe die ganze Nacht geschrieben. Ich werde einen Verein zur Rettung der Lebenszeit gründen. Gemeinnützig *(reicht Palmström den Stoß).*

Doch dafür brauche ich
Vorstandsmitglieder und Geld.
Es gibt einiges zu bezahlen –
vom Briefkopf bis zum Notar.
Ich bin abgebrannt, mir reicht
es vorn und hinten nicht. Ich
kann nicht schlafen, ich bin
nervös. Der Verein muss
gegründet werden.

Palmström Langsam.

Korf Es ist keine Sache nur für mich.
Sie dient der Menschheit.
An der Menschheit sind Sie
doch interessiert.

Palmström Sachte.

Palmström steckt das Modell eines Bühnenhauses liebevoll in die Hutschachtel, schenkt es Korf.

Palmström Ich denke da eher an eine Gesellschaft zur Rettung der Lebensfreude. Gehen Sie unbesorgt nach Hause. Das ist keine Angelegenheit von heute auf morgen.

Es wird immer Menschen geben,
die lieber Bäcker oder Schneider
werden möchten. Der größte Teil
der Menschheit in unseren
Breiten heutzutage sitzt:
in der Schule, im Büro, vor dem
Fernseher, dem Computer,
im Zug, Bus, Auto, auf den
Gängen der Ämter,
auf der langen Bank ...

Korf wird ruhiger. Kunkel kommt und sucht in jedem Büro und auf dem Gang.

Korf
Also doch ein Verein, eine
Gesellschaft zur Bewegung der
Menschheit. Und zum Schutze
der Lebensfreude, ja. Ich möchte
bewegen und erfreuen ...
Aber ich kann die Miete
nicht mehr bezahlen.
Das Amt will nicht mehr
übernehmen.

Palmström
Ich habe ein Zimmer frei.

4.

Zu Hause. Am frühen Vormittag.

Korf zieht bei Palmström ein. Stellt auf, packt aus. Nicht viel. Palmström stellt vor.

Palmström	Mein Schreibtisch. Mein Stuhl. Mein Bett. Mein Schrank. Psst! Verflixt!
Korf	Bitte?
Palmström	Der Briefträger.
Korf	Wo?
Palmström	Unten, im Haus. Wieder nichts.
Korf	Woher wissen Sie das?
Palmström	Es ist nichts in meinen Kasten geplumpst. Ich kann nicht leben, ohne dass jemand an mich denkt. Ohne Post kann ich nicht leben.
Korf	Sie hören Ihren Briefkasten zwei Stockwerke tiefer?
Palmström	Ich bin sehr geräusch- empfindlich. *(Pause)*

(begeistert) Sehen Sie diese Rohre,
ich habe sie legen lassen,
um mich vor dem Lärm
der anderen Leute zu schützen.
Darin fließt Wasser, rundherum.

Er dreht einen Hahn auf, ein Gurgeln und Rauschen ist zu hören. So laut, dass Korf sich die Ohren zuhalten möchte. Palmström dreht ab.

Palmström So kann niemand mich hören.
Und vor mir habe ich kein
Geheimnis. Ich bin ganz offen.

Palmström dreht den Hahn auf und fängt an, eine Rede zu deklamieren, glücklich. Man hört kein Wort, sieht ihn nur reden. Korf setzt sich und träumt. Bis Palmström den Hahn zudreht, erschöpft und gelöst.

Palmström Es tut gut, sich auszusprechen.
Mir mein Herz auszuschütten.
Korf Abdunkeln, zusätzlich,
schlage ich vor. Wir könnten die
grässlichsten Fratzen schneiden

	und beleidigten uns dabei nicht. Wir könnten toben und springen vor Wut.
Palmström	Ich merke schon, Sie verstehen, mein Freund. *(mit der Hand am Hahn, der anderen am Lichtschalter)* Sind Sie bereit?

Korf nickt, Palmström dreht wieder den Hahn seiner Lärmschutzanlage auf und schaltet das Licht aus. Vollständige Dunkelheit, Wasserrauschen, bis Palmström wieder Licht macht und Ruhe herstellt. Beide sind erschöpft. Korf gibt Palmström die Hand und bedankt sich.

Palmström	Haben Sie Hunger? Dann führe ich Ihnen noch den Aromat vor.
Korf	Danke. Später vielleicht? Bin jetzt ganz erfüllt.

Korf packt weiter seine Sachen aus, auch einen schicken Anzug.

Korf	Hin und wieder verspüre ich den Wunsch, einmal ein ganz anderer zu sein.
Palmström	Ein anderer Mensch?
Korf	Verzaubern ließe ich mich gern. Möchte mich mal wieder so richtig verlieben. Aber mit mir als Korf wird nichts draus.
Palmström	Manchmal würde ich mich gern auflösen, wie Zucker im Kaffee. Am Tagesende besonders. Und bei Tagesanbruch wieder aus der Tasse steigen.
Korf	Ich wäre gern eine Spinne, die ihr Netz in den Zweigen eines Baumes spannt und still auf ihre Opfer lauert. Und selbst für ihre Nahrung sorgt.
Palmström	*(schwankt)* Ich wäre ein Zweig im Wind, schmiegte mich in die Bewegung. Und der Rabe, der oben in der Eiche sitzt und den Himmel beobachtet. Stundenlang, kein Nummernapparat störte die Ruhe.

	Es wäre Dasein und nicht Warten.
Korf	Keine Auserkorene erkundigte sich nach meiner Beschäftigung. Sie könnte eine Katze sein, eine Amsel oder ein Marienkäfer. Ich bin sehr anpassungsfähig.
Palmström	Ja, warum eigentlich immer ein Mensch?
Korf	Weil uns die Übung zu anderem fehlt.

Palmström flattert auf den Tisch und ahmt die Bewegungen eines Raben nach. Korf rollt sich im Sessel ein und schnurrt.

Palmström	Uns fehlt der Stil.
Korf	Das Kostüm.
Palmström	Sie sagen es. Noch heute entwerfe ich Tierkostüme.
Korf	Ich möchte ein Eichhörnchen sein.
Palmström	Sprechen wir mit der Schneiderin in der Markthalle.

Korf	Morgen lassen wir uns dort vermessen. Ich werde ein Fell tragen.
Palmström	Warum nicht gleich?

Palmström beginnt zu zeichnen.

Korf	*(sieht auf die Uhr)* Schon nach elf. Muss mich sputen.

Korf zieht sich ausgehbereit an.

Palmström	Wo wollen Sie hin?
Korf	Charlottenstraße. Zum Jobcenter.
Palmström	Was haben sie dort zu tun?
Korf	Meine Adressänderung bekannt geben. Nach dem Rechten sehen ...
Palmström	Nach den Frauen?
Korf	Der blonden Schönheit. Meiner Integrationsberaterin. *(will los)* Nach Palma Kunkel.
Palmström	Palma Kunkel ist ewig auf der Suche nach dem Gingganz.
Korf	Weiß ich.
Palmström	Warten Sie. Ich komme mit.

5.

Gang im Jobcenter.

Palmström liest Zeitung, Kunkel wartet.
Korf tritt aus einem Zimmer und schweigt.

Kunkel	*(mit Blick auf Korf in gedrückter Stimmung)* Für Sie als Langzeitarbeitslosen gibt es so gut wie keine Vermittlungschance. Sie werden nicht gebraucht.
Korf	Ja, so sieht die Zukunft aus. *(Pause)* Ich fühle mich gänzlich unsichtbar. Und bin erstaunt, dass ich Sie höre. *(zu Palmström)* Sehen Sie mich?
Palmström	Selbstverständlich.
Korf	Ich habe mich also nicht in Nichts aufgelöst?
Palmström	Wir haben noch viel vor.
Korf	Da ich eingangs nicht fragte, ob ich umziehen dürfte, wird dieser Umzug zunächst nicht genehmigt und mir können die Kosten der Unterkunft und

	Heizkosten erst nach Prüfung der Unterlagen und anschließender Genehmigung ausbezahlt werden. Die Umzugskosten trägt der Träger nicht, da ich eingangs nicht fragte.
Kunkel	Der Träger trägt nicht Last sondern Leistung.
Palmström	Wir tragen unser Los. Vielleicht ein Hauptgewinn?
Kunkel	*(zu Korf)* Gehen Sie in eine Bibliothek. Bilden Sie sich fort.
Korf	Ich habe mich schon so weit gebildet, dass ich die Entfernung kaum überblicke. Sehen Sie hier, meine Brille. *(holt eine Lesebrille hervor)* Selbst entwickelt. Ich setze sie auf, *(zu Palmström)* geben Sie mir Ihre Zeitung. Diese Brille zeigt mir nicht das Ausgewalzte, Breitgetretene, auf der Titelseite ein Artikel und dann siehe Seite 5, da steht noch einmal das Gleiche.

	Nein, diese Brille zieht den Text zusammen und in sechs, acht Wörtern und Sätzen habe ich die Information. *(liest, sieht auf)* Diese Brille sollte mir zur Weiterqualifikation behilflich sein. Nur leider kann ich mir nicht merken, was ich lese ...
Kunkel	Haben Sie je vom Gingganz gelesen?
Korf	Alles, was in der Zeitung steht, ging ganz vergessen.
Palmström	Dann lernen Sie eine Sprache.
Korf	Wo ich mit zwanzig anderen uigurische Vokabeln pauke, weil das die Sprache der Zukunft sei? Ich muss mir vorsagen lassen, weil ich mir wochenlang das Vorgetragene nicht merke und deshalb über die Unfähigkeit des Lehrers grolle ... Nein. Ich werde mich bewegen.

Palmström	*(zu Kunkel)* Nur die Richtung ist ihm noch nicht klar.
Korf	Nach oben. In die Bäume.
Kunkel	Dann schauen Sie bitte immer auch nach dem Gingganz.
Palmström	Aber er ging ganz?
Kunkel	Ich sagte zu ihm, geh ganz und komm nie wieder, also ging er ganz und ...
Palmström	Nun suchen Sie ihn.

Kunkel nickt. Bevor sie und Palmström sich zu gut verstehen, ruft Korf dazwischen.

Korf	Also Bewegung!
Kunkel	Ich weiß, was ich suche. Was suchen Sie?
Palmström	Ich habe hier einen Freund gefunden.
Korf	Auf! Die Bäume, der Hauptgewinn, die Entdeckungen! Hinein in die Windhosen und Bewegung! Hier riecht es so schal nach ungeputzten

	Zähnen und ungespültem Rachenraum.
Palmström	Ich rieche nichts.
Kunkel	Ich ebenfalls nicht.
Korf	Und dick ist die Luft. Andauernd sitzen wir in dem Ausatem, der auf den Gängen herrscht ...

Korf verbeugt sich vor Palma Kunkel und geht. Palmström folgt ihm. Kunkel ab.

6.

Zu Hause. Morgens.

Palmström liegt noch im Bett, Korf deckt leise den Frühstückstisch. Er hört ein Geräusch, geht ab, kommt wieder mit einem Stapel Briefe. Er dekoriert sie auf den Stuhl neben Palmströms Bett. Dann zündet Korf die Kerzen auf dem Tisch an, bringt Palmström eine Tasse Tee ans Bett und weckt ihn sanft.

Korf	Guten Morgen. Heute Anprobe.
Palmström	So viel Post.

Palmström liest im Bett die Briefe.

Palmström	Woher nur kennen mich diese Leute, die mir erzählen, dass sie an mich denken und was sie im Leben tun? Hören Sie, hier schreibt eine Dame, sie habe eine Veranstaltung erlebt, bei der ein gewisser Korf seine neue Erfindung, eine Tagnachtlampe, vorgestellt habe. Diese Lampe würde auch den hellsten Tag in

	Nacht verwandeln. Die Leute hätten gejubelt, als die Lampe eingeschaltet wurde und sich tatsächlich der hellste Tag in Nacht verwandelt habe. Sind Sie das? *(Korf nickt)* Sie verstehen was. Aber weshalb schreibt sie mir das? Woher hat sie meine Adresse? Muss ich jetzt etwa alle diese Briefe beantworten?
Korf	Sie sagten, ohne Post könnten Sie nicht leben ...
Palmström	Das stimmt. Es macht mich traurig, wenn der Briefkasten leer bleibt und niemand an mich gedacht hat.
Korf	Also habe ich für Sie ein Quartal gemischte Post bestellt. Der Versandhauskatalog des Warenhauses für kleines Glück liegt im Arbeitsamt aus.
Palmström	Warenhaus für kleines Glück – ist das eine Ich-AG? Da kann ich

die Post also genießen und muss nicht an die Mühe des Beantwortens denken? Und dennoch wird sich jeden Tag jemand um mich kümmern? Korf, damit haben Sie mir eine große Freude gemacht. Ich werde Briefe erfinden, die bereits alle Antworten beinhalten, so dass niemand mehr schon im Voraus schlechtes Gewissen haben muss, wenn er einen Brief bekommt, weil er unter Umständen nie antworten wird. Aber sehen Sie, hier ist ein Brief für Sie.

Palmström reicht Korf den Brief. Er öffnet ihn.

Korf — Ich existiere nicht.

Korf reicht Palmström das Blatt.

Palmström — Ein Formular. Wer Sie sind.

Korf	Als wüssten nicht alle Ämter alles schon.
Palmström	Wo Sie bis jetzt gelebt haben, wo geboren. Verheiratet? Kinder? Sind Sie hier angemeldet? Wie hoch ist Ihr Einkommen? Andere Zuwendungen. Konfession und so weiter.
Korf	Palma Kunkel könnte sich mir zuwenden. Das wäre eine Leistung.
Palmström	*(liest)* Andere Werte? Als hätten Sie bis jetzt nicht gelebt. *(liest)* sollte bis zum ... nicht ... sehen wir uns leider gezwungen ... Polizeiliches Gewahrsam ... Hochachtungsvoll.

Pause. Es wird gedacht.

Korf	Ich bin ein Geist.

Pause. Es wird weiterhin ein bisschen gedacht.

Palmström Bedenken Sie die Vorteile eines Lebens als Geist. Sie brauchen keinerlei Rücksicht zu nehmen, da Sie ja nicht existent sind. Selbst wenn ein Riese Sie verschluckte, könnten Sie ihm ohne Weiteres entwischen. Man kann Sie getrost verwahren wollen, aber gelingen wird es nicht. Denn als Geist entweichen Sie mit der Atemluft, als Geist können Sie in jeden Vollstreckungsbeamten hineinfahren und wieder hinaus.

Palmström steht auf.

Korf Das klingt verlockend. Aber ein Geist kann dennoch einen Brief beantworten.

Korf beginnt zu schreiben, während Palmström herumläuft und denkt und dann zu schrauben und zu löten beginnt.

Palmström Die Durchgeistigten werden oft geliebt. Sogar Abwesende, sogar Ginggänze noch, wie Sie wissen.

Korf Vielleicht liebt sie mich, wenn sie mich nicht sieht. Vielleicht aber liebt sie mich als Eichhörnchen?

Sie tun weiter ihr Tun. Bis Korf den Stift weglegt.

Korf *(liest vor)* Sehr geehrte Damen und Herren, einer hohen Direktion stellt sich, laut persönlichem Befund, untig angefertigte Person als nicht-existent im Eigen-Sinn bürgerlicher Konvention vor und aus und zeichnet, wennschonhin mitbedauernd nebigen Betreff, Korf, Geist.

Palmström Gratuliere. Und stecken Sie das Formular mit in den Umschlag und schicken Sie es zurück. Was Sie nicht haben, können Sie nicht ausfüllen.

Palmström baut, Korf erledigt die Post.

Korf	Was bauen Sie da?
Palmström	Ich entwickle eine Formularausfüllmaschine. Für Fragebögen jeder Art.
Korf	Können wir sie nicht schon testen?

Palmström zögert, schraubt noch etwas fest, wird plötzlich aufgeregt angesichts des Experiments, nimmt Korf den Fragebogen aus der Hand und führt ihn in die Maschine ein. Er dreht an einer Kurbel.

Palmström	Handbetrieben. Falls die Stromrechnung mal nicht beglichen ist.

Korf nimmt das Formular am Ausgangsschlitz in Empfang. Staunt. Beide staunen.

Korf	*(liest)* Name: siehe oben. Vorname: siehe oben. Adresse: siehe oben.

Geburtsdatum:
siehe Vorgangsnummer oben.
Geburtsort:
siehe Vorgangsnummer oben.
Steuerpflichtiges Einkommen:
Unverändert.
Siehe Formular in Ihren Akten.
Minderjährige Kinder: siehe
Angaben vom letzten Jahr in
Datei unter Namen siehe oben.
Datum: siehe Poststempel.
Unterschrift: Dieses Schreiben
ist auch ohne Unterschrift gültig.

Korf ist begeistert und schüttelt Palmström überschwenglich die Hand.

Korf Das ist etwas für unsere Gesellschaft. Wir laden ein zu einem Fest. Zur Gründungsveranstaltung. Fragebögen können zum Ausfüllen mitgebracht werden. Wir helfen, wir beschwichtigen und – ja: Wir stimmen die

Menschen milde. Für diesen
einen Tag wenigstens werden
auch die Schlimmsten gute
Menschen sein.

Palmström schüttelt wiederum Korf die Hand.

Palmström Wir verzichten auf Essen und spenden für einen Antihungernotfonds für die Armen.

Korf Verzichten heißt heutzutage Sparen. Jetzt nichts, später auch nichts.

Palmström Sparen wir mit den Armen auf Nichts.

Korf Schnallen wir den Gürtel enger. Das kommt allen zugute.

Palmström Freund Korf? *(sieht auf die Uhr)* Apropos Gürtel. Kommen Sie, wir müssen losflattern, zur Schneiderin.

7.

Gang im Jobcenter.

Kunkel steht herum. Palmström und Korf treten in Tierkostümen auf. Palmström wackelt als Rabe näher, Korf kommt als Eichhörnchen. Sie freuen sich über die Aufmerksamkeit, ziehen eine Nummer und hocken sich mit den Füßen auf die Stühle.

Kunkel	Guten Tag.

Palmström und Korf grüßen als Rabe und Eichhörnchen zurück.

Kunkel	Gratuliere.
Palmström	*(holt ein Blatt unter dem Gefieder hervor)* Darf ich Sie einladen zu unserem Gründertag?
Korf	Sie kommen doch? Das wäre mir eine besondere Freude.
Kunkel	*(liest)* Feste für alle, die knapsen. *(zu Palmström)* Eine großartige Idee. Ich werde natürlich dabei sein. *(ist begeistert von Palmström, beachtet Korf nicht.)*

	Viele Menschen werden mir begegnen, was mir die Suche nach dem Gingganz erheblich erleichtern wird.

Palmströms Nummer blinkt auf. Er sieht sich nach Korf um, der drückt ihm die Daumen, Palmström flattert ins Büro. Korf benimmt sich wie ein nervöses Eichhörnchen.

Korf	Sie haben keinen Blick für mich. Bin ich unsichtbar?
Kunkel	Professor Palmström ist ein außergewöhnlicher Mann.
Korf	Ich bin Erfinder. *(Pause)* Sehen Sie hier ...

Kunkel beachtet ihn nicht. Korf zieht eine Zeitung aus seinem Fell, steigt auf den Stuhl und spricht unüberhörbar, laut, hält eine Rede für den ganzen Gang.

Korf	Sehen sie hier ... Eine neue Zeitung. Jeder Mensch mit wenig

Geld sollte sie abonnieren.
Denn es ist eine ganz besondere Zeitung, die ich hier entwickelt habe. Anstelle des Mittagessens schlagen Sie die Zeitung auf. Wenn man sie gelesen hat, ist man satt. Ganz ohne Zubereitung irgendeiner anderen Speise. Seien Sie clever, lesen Sie die neue Mittagszeitung!
Billiger als jede Kantine.
Und welche Kantine sonst macht außerdem noch schlau?

Korf setzt sich und sieht Kunkel an, die ihn nicht beachtet. Palmström flattert aus dem Büro.

Palmström Als Rabe sei ich nicht vermittelbar und sollte ich nicht davon abrücken, mich als Rabe in der Öffentlichkeit zu zeigen, werde ich mit einer sofortigen Sperrzeit zu rechnen haben.

Korf — Gut! *(zerreißt seine Nummer)*
Dann ist es entschieden.
Wir machen uns selbständig.

Kunkel — *(zu Palmström)* Er hat
ausgezeichnete Ideen.
Wenn man Ihren Erfindungen
nur ein gutes Marketing
zukommen ließe – das heißt
Patentanmeldung, Gestaltung,
Herstellung, Werbung und
Vertrieb – könnten wir sehr
erfolgreich sein.

Palmström und Korf sehen Kunkel an, dann sich gegenseitig, nicken und geben sich gegenseitig, dann beide Palma Kunkel die Hand.

Palmström — Zuerst der Festakt zur Gründung –
dann planen wir weiter ...

Kunkel — Feste können regelmäßiger
Bestandteil unserer Verkaufs-
strategie sein. Und sehr hilf-
reich auf der Suche nach dem
Gingganz.

Korf	Wir stellen die Formularausfüll- maschine sowie den Aromat vor und erproben die Geruchsorgel für meine Geruchssinfonien.
Palmström	Wie Sie wissen, ist Herr Korf sehr geruchsempfindlich.
Kunkel	Also haben Sie genug Platz?

Palmström nickt.

Palmström	Korf braucht nicht viel Platz, er ist ein Geist. Ein großer Geist macht sich nicht breit.
Kunkel	Noch etwas: Sie werden Widerspruch gegen eine Sperrzeit einlegen. Wer sagt, dass ein Rabe keine unter- gegangene Sprache dolmetschen kann? Warum sollte ein Rabe nicht Busfahrer sein? Notfalls werden Sie gegen die Diskriminierung klagen. Es wird ein Musterprozess. Und künftig müssen die Stellen

für Busfahrerin/Busfahrer/ Busfahrtier (oder z. B. Betriebswirtin/Betriebswirt/Betriebswirttier) ausgeschrieben werden.

8.

Zu Hause.

Korf und Palmström in Kostümen schmücken das Zimmer. Palmström hat sein rotes Taschentuch gerahmt und hängt es nun an die Wand. Ist wieder von der Schönheit hingerissen. Palmström dreht alle Bilder an den Wänden und betrachtet sie wie neu. Eine Wand bleibt frei, darauf werden später die Essensbilder des Aromats projiziert. Aus der Geruchsorgel (eine Art automatischer Leierkasten) klingt Musik.

Palmström	*(zuckt zusammen)* Ihre Nieswurzsonate haut mich immer wieder um.
Korf	Freut mich. Übrigens reichen die Geruchssonaten für einen ganzen Abend *(schaut auf die Uhr).* Die Leute können kommen.

Korf geht zur Tür, öffnet sie weit und bleibt dort empfangsbereit stehen. Palma Kunkel kommt mit Koffern.

Korf	Guten Abend.

Willkommen zum ersten Gründertag für Arbeitslose.

Kunkel *(tritt ein)* Oh, was für ein angenehmer Raum. *(Pause)* Ich habe schon meine Sachen mitgebracht. Es ist doch hier Platz für mich?

Palmström *(nimmt ihr die Koffer ab)* Selbstverständlich. *(stellt die Koffer in einen Nebenraum)*

Kunkel Es spart ungemein, wenn man sich keine eigene Wohnung halten muss.

Korf Willkommen.

Palmström Bitte bedienen Sie sich. Heute gibt es von allem reichlich. Nichts zu schlucken, dafür um so mehr zu riechen. Die allerfeinsten Gerichte für arme Schlucker, eine wirklich große Auswahl hat unser Freund Korf für uns vorbereitet.

Palmström führt Palma Kunkel zu einem Buffet, ein Gerät mit vielen Knöpfen. An jedem ein Schild mit den Gerichten. Palma Kunkel liest einige vor, wählt und drückt auf einen Knopf. Sofort wird der Geruch des Essens in das Zimmer geblasen und ein überdimensionales Bild des Essens erscheint an der Wand. Palma Kunkel setzt sich an den Esstisch und genießt.

Kunkel	Köstlich. Wirklich köstlich. Einmalig, was Sie da erfunden haben. Dennoch ...
Korf	Zur Ergänzung der Köstlichkeiten liegen hier Freiexemplare der Mittagszeitung aus. Bitte lesen Sie sich satt. Von einer einzigen Zeitung können sich mehrere ernähren, sogar eine ganze Familie.
Palmström	Diese Kombination, so dachten wir, lässt keinen Wunsch offen. Und so preiswert.

Palmström, Korf und Kunkel riechen, schauen und lesen, bis sie satt sind.

Palmström	Nach dem gelungenen Abendmahl *(schüttelt Korf die Hand)* schreiten wir also zur ersten Stunde unserer Gesellschaft.
Kunkel	Wie lauten die Ziele?
Palmström	Freude, alles umsonst.
Korf	Also gründen wir nun die Gesellschaft zur Rettung der Lebensfreude.
Kunkel	Jawohl.
Korf	Wählen wir zuerst den ersten ersten Vorsitzenden. Ich schlage Palmström vor.
Palmström	Ich schlage Korf vor.
Korf	Bei zwei Kandidaten müssen wir abstimmen.
Kunkel	Nehmen Sie die Kandidatur an? *(Beide Kandidaten nicken)* Wer ist dafür, dass Heinrich Korf erster erster Vorsitzender der Gesellschaft zur Rettung der Lebensfreude wird?

Kunkel und Palmström heben die Hand.

Kunkel	Ich konstatiere: Zwei Stimmen für Heinrich Korf als ersten ersten Vorsitzenden der Gesellschaft zur Rettung der Lebens freude. Wer ist dafür, dass Friedrich Palmström erster erster Vorsitzender der Gesellschaft zur Rettung der Lebensfreude wird?

Nur Korf hebt die Hand. Korf sieht Palma Kunkel an, steht auf, verbeugt sich und gibt ihr die Hand.

Kunkel	Nehmen Sie die Wahl an?

Korf nickt. Palmström schüttelt Korf die Hand

Palmström	Ich gratuliere zur Wahl. Sie sind der erste Geist, der zum ersten ersten Vorsitzenden gewählt wurde. Vorbildcharakter nennt man das.

Kunkel gibt Korf noch einmal die Hand.

Korf	Ich bin tief bewegt und möchte mich für Ihr Vertrauen bedanken.
Palmström	Ich bedanke mich, dass ich der zweite erste Vorsitzende sein darf. Das läßt mir mehr Zeit zum Dichten.
Korf	Einen Schriftführer gibt es bei uns nicht. Ich schlage Palma Kunkel als dritte erste Vorsitzende, Schatzmeisterin sowie Geschäftsführerin der Gesellschaft zur Rettung der Lebensfreude vor. Wer ist dafür?

Alle drei heben die Hand.
Sie gratulieren sich gegenseitig.

Korf	Stoßen wir darauf an, mit einer Prise Champagner.

Korf drückt den Champagner-Knopf am Aromat, es dampft, ein Bild mit Gläsern, gefüllt mit prickelndem Champagner, erscheint auf der Wand, das Klingen von Gläsern ertönt. Palmström merkt auf.

Palmström Ein Brief wurde in den Kasten geworfen.

Kunkel kennt Palmströms feines Gehör noch nicht, aber Korf steht sofort auf, kommt mit einem Brief zurück und reicht ihn Palmström.

Korf An die Gesellschaft zur Rettung der Lebensfreude, in Klammern GzRdL.

Kunkel Schon Post? Der Gingganz?

Palmström *(liest den Absender)*
Vom Innenminister.
(öffnet den Brief und liest vor)
... freuen wir uns, Ihnen mitteilen zu dürfen, dass die Jury die GzRdL mit „RÜBERBRINGEN“ auszeichnen möchte, dem „Großen Staatspreis für vorbildliche innovative und kreative Vermittlung schwer vermittelbarer Themen an die Menschen“. Begründung:
Die GzRdL vermittelt Arbeits-

	suchenden einfach, aber ein-dringlich, innovativ und fast kostenfrei, dass sich das Leben lohnt. Bisherige Preisträger von „RÜBERBRINGEN“: Hier folgt eine Liste mit Namen.
	Soll ich die vorlesen?
Korf	Was gibt es denn dafür?
Palmström	Sie nehmen uns in ihr Förderprogramm auf und machen für unsere Ideen Werbung.
Korf	Mit unseren Ideen.
Palmström	Unsere Ideen verspricht der Innenminister RÜBERzuBRIN-GEN ins Arbeitsamt.
Kunkel	Wir auf Faltblättern im Arbeits-amt?
	Danke nein. Ist mit uns nicht zu machen.
Palmström	Gut. Erledigt. Nehmen wir nicht.

Korf drückt wieder auf den Champagnerknopf.

Kunkel Wär der Brief doch vom Gingganz gewesen.

Palmström denkt, dann verbeugt er sich vor Palma Kunkel.

Palmström Als zweiter erster Vorsitzender der Gesellschaft zur Rettung der Lebensfreude möchte ich Ihnen nicht verschweigen – wenn Sie erlauben – Sie werden Ihren Gingganz nicht finden, denn der Gingganz ging ganz.

Palma Kunkel ist schockiert.
Sie und Korf schauen in die Wolken.

Palmström An Sie als geschätzte Schatzmeisterin und Schatzhüterin appelliere ich: Suchen Sie einen Kommtwieder. Einen Kehrtzurück.

Korf Ja. Oder einen Istda.
Zum Beispiel einen Korfistda.

Kunkel blickt kühl auf Korf.

Palmström	Korf ist da. Ebenso sind Palmström und Kunkel da. Kommtwieder wird auch bald da sein. Noch schneller kommt der Bingleichda.
Kunkel	Ich will nur den Gingganz wieder. Ja, ich weiß, er ging ganz. Nun gut, ich begreife, er ging ganz und es ist sinnlos, ich werde den Gingganz also nicht mehr suchen. Champagner. Ich danke Ihnen, Herr Palmström, für die offenen befreienden Worte.
Korf	Zur Feier des Tages möchte ich Ihnen meine neueste Erfindung vorstellen.

Korf bringt eine Maschine.

Korf	Auf die Wolken werde ich mit dieser neuartigen Maschine schreiben, Dichtung mit Feuer.

Er beginnt sofort zu schreiben, es ist kein Papier in der Maschine, blitzt aber bei jedem Anschlag. Korf unterbricht sich nur, um Palmströms und Kunkels Glückwünsche entgegenzunehmen. Die beiden treten ans Fenster, öffnen es und lesen das Gedicht von den Wolken ab. Es ist völlig dunkel, Stück für Stück erscheint die Feuerschrift auf den Wolken.

Traumwald

Des Vogels Aug verschleiert sich;
er fällt in Schlaf auf seinem Baum.
Der Wald verwandelt sich in Traum
und wird so tief und feierlich.

Der Mond, der stille, steigt empor.
Die kleine Kehle zwitschert matt.
Im ganzen Walde schwingt kein Blatt.
Fern läutet, fern, der Sterne Chor.

Palmström Als Rabe möchte ich Ihnen persönlich danken. Und als Schwalbe, die ich auch gern einmal wäre.

Korf	Die ganze Menschheit liest mein Gedicht.
Kunkel	Herr von Korf, seien Sie so gut und schreiben Sie auf die Wolken: Gingganz bitte bei Palma Kunkel melden. Gingganz, bitte melde dich ganz schnell!
Korf	Sie haben mich beim Namen genannt.

Ein Blick auf Kunkel, die lächelt, Korf schreibt.

9.

Morgens zu Hause

Palma Kunkel sitzt am Tisch, nimmt einen Stapel Papiere aus einem Koffer und sortiert sie auf dem Tisch.

Kunkel	Ganz ungeahnte Formulare. Beim Patentamt haben wir es mit einem echten Amt zu tun.
Palmström	Verehrte Palma Kunkel, welche Anmeldung kommt jetzt?
Kunkel	Korfs Uhr, die gleichzeitig vorwärts und rückwärts geht. Korf, Sie sind ein fähiger Erfinder. *(Korf ist glücklich)* Ein begnadeter Erfinder. Haben Sie den Reim bereit?
Korf	Bist du mal in Eile, sieh auf Korfs Uhr und weile, denn wenn die Zeit dich vorwärts drängt, die Korfsche Uhr dich rückwärts lenkt.
Kunkel	Wie gestalten wir die Uhr?

Palmström In einer Richtung wie Sonnenuntergang, in der anderen Richtung wie Sonnenaufgang.

Kunkel schreibt mit.

Kunkel Die Palmströmsche Uhr,
die auf Bitten ihres Besitzers –
oder ihrer Besitzerin –
langsamer oder schneller geht,
sich auf Wunsch auch mal
ein paar Stunden zurückdreht
oder einige Stunden überspringt.
Der Reim?

Palmström Willst du, dass die Zeit mal steht,
Palmströms Uhr weiß, wie es geht.
Nein, anders ... Liegst du mal im
Warmen, Palmströms Uhr hat
Erbarmen. Jetzt hab ich's:
Graust dir vor der nächsten
Stunde, Palmströms Uhr dreht
schnell ne Runde. Liegst du mal
in warmen Armen, Palmströms
Uhr fängt an zu lahmen.

Kunkel *(schreibt mit)*
Da spricht der Dichter.
Die Gestalt?

Palmström Zart. Zart soll sie sein.
Plüsch wäre mir lieb.
Was halten Sie von Plüsch?

Korf Federflaum. *(Palmström ist begeistert von Korf, gibt ihm die Hand)*

Kunkel Ich halte fest: unten Plüsch,
an den Seiten Rabenfederflaum.
Richtig so?

Palmström Haargenau.

Korf Ich fange schon mal an zu zeichnen.

Kunkel füllt die Formulare fertig aus. Korf und Palmström malen ihre Uhren auf und schreiben die Reime dazu.

Kunkel Sobald wir die ersten Bestellungen haben, beginnen wir mit der Produktion.

Korf Wie viel soll denn so eine
Uhr kosten?

Palmström Wenig. Sodass Menschen
mit leeren Taschen sie sich
leisten können.

Kunkel Ideen nehmen wir an, Tiere
und Tierkostüme sowie alles,
was sich in leeren Taschen findet.
Warten wir ab, was wir
bekommen.

Korf Vielleicht einmal ein ganzes
Essen?

Palmström Die Mittagszeitung allein ist
doch ein wenig fade. Nicht
immer ist der Aromat in der
Nähe.

Korf Nehmen wir auch Geld?

Kunkel Nur Arbeitslosengeld.
Leistungen. Die Produktions-
kosten müssen gedeckt sein.

Palmström Ich habe da eine Erfindung,
die unsere Kosten decken
könnte, sollte das Amt uns
die Leistungen wegen unwirt-
schaftlichen Verhaltens sperren.

Korf Ja?

Palmström An- und Verkauf von Gedanken. Gute Gedanken, dumme Gedanken, verquere Gedanken, schöne Erinnerungen, schnelle Gedanken. Verpackt in Schachteln und Tüten, je nach Umfang. Große Gedanken passen natürlich nur in große Kartons.

Korf schüttelt Palmström die Hand, Kunkel schließt sich an, dann schreibt sie auf.

Kunkel Wie gehen wir vor?

Palmström Wir feiern Feste.

Korf Mit einem Konzert meiner Nieswurzsonate in Ha-Cis.

Kunkel Ich möchte als hohes Tier hingehen.

Palmström Zu allen Festen ist der Eintritt frei. Mitarbeiter der Agentur für Arbeit und des Jobcenters und ähnlicher angeschlossener Ämter dürfen eine Nummer ziehen und warten, bis sie zur

	Teilnahme aufgefordert werden.
Korf	Wann geht es los?
Kunkel	Morgen.
Palmström	Verpacken wir also die Gedanken.

Sie nehmen sich Schachteln, Taschen, Tüten, Kartons, Koffer, flüstern etwas hinein oder halten ihre Köpfe hinein und verschließen die Behälter rasch. Danach beschriften sie sie sofort. (Mit z. B.: Guter, dummer, verquerer, süßer, saurer, lieber, großer, kleiner, feiner Gedanke, Gedanke an das Schaukeln, Gedanke an einen Sonnenuntergang, Gedanke an den Waldspaziergang, Gedanke an den Frühling usw.
Darunter steht: © k & k Palmström, Gesellschaft zur Rettung der Lebensfreude)

10.

Gang im Jobcenter.

Palma Kunkel, Korf und Palmström in Tierkostümen, Kunkel als Giraffe, biegen mit vielen Sachen beladen in den Gang. Ihre Hosen- und Jackentaschen hängen nach außen. Auf Kunkels Transparent steht „Sensationell! Neue Erfindungen! Produkte für leere Taschen, eingetragenes Warenzeichen, Gesellschaft zur Rettung der Lebensfreude.“ Alle drei ziehen zig Nummern, stecken sie in ihre Taschen, sie schauen die Gänge auf und ab.

Korf *(am Ende des Ganges)*
Bitte treten Sie näher, ja hier sind Sie richtig. Hier gibt es genug für alle und es kostet Sie nichts als ein Lächeln. Und wo ist das Lächeln? ... Danke. Ja, natürlich können Sie auch als Buntspecht am Fest teilnehmen ...
Sie kenne ich doch, Sie sind der Pförtner beim Arbeitsamt ...
Entlassen? ...
Treten Sie ein!

Palmström	Es nähert sich mir ein Schnupfen.
Korf	Hier riecht es noch immer schal nach ungeputzten Zähnen und ungespültem Rachenraum. *(ruft)* Wir haben uns selbständig gemacht!
Kunkel	Wir feiern Feste. Das erste heute hier.
Palmström	Engagieren Sie sich in der Gesellschaft zur Rettung der Lebensfreude. Kein eingetragener Verein. Spenden sind nicht absetzbar, nur einsetzbar.

Alle drei kleben Plakate an die Wände und Bürotüren: „Besuchen Sie die Feste der Gesellschaft zur Rettung der Lebensfreude. Beinah täglich: Produkte-für-leere-Taschen-Party (Der Aromat kommt zum Einsatz.)“

„Erstes öffentliches Konzert der Nieswurzsonate in Ha-Cis beim Fest der GzRdL“

„Sei einmal guter Dinge, komm mit leeren Taschen.“

„Feste fasten – sich mit nichts belasten. (Der Erlös der eingesparten Ausgaben geht an Palmströms Antihungernotfonds)“

„Ausnahmsweise: Einen Tag mal nicht gemein sein, Erbarmen mit den Armen. (verantwortlich im Sinne des Presserechts: Korf, Geist) Zu allen Festen ist der Eintritt frei. Politiker zahlen 10 % ihrer Monatsdiät.“

„Schallisolierte musikalische Mausefalle – Ist die Maus mal nicht so drauf, spiel ihr mit der Geige auf. Will die Maus nicht in die Falle rein, Musik lädt sie in jedem Falle ein!“

„Wirst du mittags mal nicht satt, greife zu Korfs Mittagsblatt.“

Auf einem Plakat steht: „Gingganz gesucht. Bitte bei Palma Kunkel melden. Dritte erste Vorsitzende, Managerin, Schatzmeisterin und Geschäftsführerin der Gesellschaft zur Rettung der Lebensfreude.“

Kunkel	Herr Palmström möchte Ihnen nun seine und Herrn Korfs

	Erfindungen für die Gesellschaft zur Rettung der Lebensfreude vorstellen. Alle sind bereits patentiert, unsere Gesellschaft ist ein eingetragenes Warenzeichen, der Name geschützt. Herr Palmström.
Palmström	Sie wissen, es interessiert sich niemand dafür, was Sie zu sagen haben. Doch wenn es raus muss ... *(zieht einen Apparat aus der Tasche)* mit der transportablen Lärmschutzanlage kein Problem.

Er stellt das Gerät an: Freude Schöner Götterfunken, sehr laut. Die Bürotüren springen auf. Alle reden so viel sie können. Palmström stellt das Gerät ab. Alle drei schütteln sich beglückt die Hände.

Kunkel	Schön gesagt.
Palmström	Günstiger Nebeneffekt: Sie nehmen ab.
Korf	Besonders günstig für Amtsträger. Die transportable Lärmschutzanlage als Schlankheits-

kur. Auch für Politiker geeignet: Niemand hört die Reden, Sie stören nicht und nehmen dabei ab. Ich schlage einen neuen Solidarpakt für Politiker vor: Sie teilen Ihre Diäten und sind nur noch halb so schlank. Dann dürfen Sie den Gürtel weiter schnallen und sind doch erleichtert.

Korf packt eine Waage aus

Korf — Und damit Sie immer wissen, um wie viel erleichtert, wiegen Sie sich mit einer weiteren Erfindung der GzRdL. Die musikalische Personenwaage:
Jedes Gramm ein Klang.
Für jeden Menschen erklingt die persönliche Gewichtsmusik.

Palmström stellt sich auf die Waage. Es erklingt die Nieswurzsonate. Palma Kunkels Gewichtsmusik ist temperamentvoll. Korf stellt sich auf die Waage. Stille.

Korf Ein Geist fällt nicht ins Gewicht.

Kunkel Für die Mittagszeitung, die satt macht, als auch für die Zeitung für Meldungen aus dem nächsten Jahr nehmen wir Kleinanzeigen entgegen. Tausche Regelsatz gegen Umsatz, heißt die Rubrik.

Palmström *(geht mit einem Bauchladen herum)* Sollte ein Schnupfen Sie anspringen, ein Virus befallen, der Husten nicht loslassen, halten Sie bittere Pillen. Palmströms Pastillen. Zu halten zwischen Daumen und Zeigefinger und das Virus damit bedrohen. Sofort wird es milder und geht heim. Jeder Schnupfen fürchtet die Drohung von Palmströms Pastillen.

Korf Und nun, verehrte Damen und Herren, unsere neuste Erfindung. *(zieht ein Glas aus der Tasche)* Dicke Luft! Mit dem praktischen Schraubverschluss. Hält geöffnet über 24 Stunden. Blockiert sogar Türen. Einmal kurz den Deckel heben und die Worte Ihres Arbeitsberaters bleiben in der korpulenten Luft stecken. Eine Eingliederungsvereinbarung kann nicht geschrieben werden, zu dick die Luft. Brauchen Sie einmal beide Hände frei *(hängt die Wartenummer und seine Tasche in die Luft)* einfach in die dicke Luft.

Palma Kunkel hebt eine Pappe hoch, auf der steht: „Wo ist mein Gingganz? Wer kennt den Gingganz?" Sie gibt Korf ein Zeichen, er leert etwas dicke Luft aus, Kunkel steckt ihre Pappe hinein. Korf verbeugt sich, Palma Kunkel gibt ihm die Hand zur Gratulation.

Palmström *(zu Kunkel und Korf)* Es wurde der Gesellschaft zur Rettung der Lebensfreude ein Angebot von Wirtschaft und Politik unterbreitet. Sie fragen, ob produziert wird. Sie möchten unterstützen. Sie würden Produkte übernehmen und der großen Masse zugänglich machen.

Die Drei sehen sich kurz an und schütteln die Köpfe.

Korf — Seien Sie so gut, Frau Palma Kunkel, und richten Sie aus, wenn die Herrschaften mit uns sprechen wollen, müssen sie zuerst eine Nummer ziehen. Sich bei Aufruf der Nummer im angezeigten Raum melden, eine Quittung der Bearbeitungsgebühr vorlegen. Außerdem Lichtbildausweis und komplett ausgefüllte Formulare, Einkommensbescheide, Vorsteuer-, Ober-, Unter-, Mehrwert- und Wertschaffungssteuernachweise sowie die Zwischen- und Nebensteuerbescheide mitführen.

Kunkel	Und das alles nur zu den angegebenen Öffnungszeiten. So wird es gemacht.
Palmström	*(ans Publikum)* Einige Erfindungen können gleich hier genossen werden.

Der Aromat ist aufgestellt, die Geruchsorgel kommt zum Einsatz. Champagner.

Kunkel	Übersehen Sie nicht den An- und Verkauf von Gedanken. Kaufen Sie Gedanken! Schenken Sie Gedanken!

Alle drei ziehen noch mehr Nummern aus dem Apparat, verstreuen sie überall, stecken sie in die dicke Luft oder verteilen sie. Die Drei verschnaufen.

Korf	Ich muss mal nach der blonden Schönheit schauen.
Kunkel	Gehen Sie?
Korf	Nicht ganz.

Palmström schüttelt beiden die Hände. Korf und Kunkel schütteln sich ebenfalls die Hände. Kunkel und Palmström zusammen, Korf allein ab.

HEIMAT?

Klaus Farin (Hrsg.)

„Heimat ist nur ein Gefühl", meint Herbert Grönemeyer. Aber was für ein Gefühl – bzw. welche Gefühle – löst das Wort Heimat in unseren Köpfen aus? Steht es für Sicherheit, Geborgenheit, Natur und Liebe oder wirkt es als Drohung, Ausschluss? Geht „Heimat" auch ohne Nationalismus? Welche Bedeutung hat „Heimat" für Menschen, die das Land ihrer Kindheit und Jugend verlassen mussten? Unterscheiden sich west- und ostdeutsche Heimat-Sichten? 25 Schriftsteller*innen spüren in diesem Buch literarisch und essayistisch ihren autobiografischen Heimat-Erinnerungen und der politischen Ambivalenz der Heimat-Renaissance nach.

Mit Beiträgen von Olufemi Atibioke, Rudolph Bauer, Reimer Boy Eilers, Klaus Farin, Bernd-Ingo Friedrich, Ruth Fruchtman, Caritas Führer, Dorle Gelbhaar, Axel Görlach, Günther W. Hornberger, Mieste Hotopp-Riecke, Roman Israel, Root Leeb, Isobel Markus, Wahid Nader, Gerd Puls, Ute Scheub, Werner Schlegel, Leonhard F. Seidl, Armin Steigenberger, Sybil Volks, Siegfried von der Heide, Ahmed Yussuf u. a.

Hardcover • 284 Seiten • 16 € • ISBN: 978-3-948675-03-5

GIBT'S ÜBERALL, WO ES BÜCHER GIBT.

Und direkt bei uns: https://shop.hirnkost.de/